獻給過去、現在、未來

生活在北京的人們

李濱聲 繪著

燕京畫舊

上册

中華書局

李濱聲，字浴非，號梨園客。一九二五年出生，祖籍遼寧本溪，久居北京。畢業於北平中國大學。原《北京日報》高級編輯，現爲北京文史研究館研究員，中國美術家協會、中國戲劇家協會會員。

自幼受民國初年寓居北京的外祖（滿族）家庭生活影響，青年時代與金受申先生經常接觸，又兼興趣廣泛，凡事好體察與「每事問」，久而久之不知不覺「一而十，十而百」，對老北京的民俗風貌具有廣泛而深刻的瞭解。

二十世紀五十年代開始創作漫畫，八十年代常於《北京晚報·五色土》發表《居京瑣記》，曾爲多部以老北京爲背景的影視劇擔當民俗顧問，還曾爲金受申先生的《老北京的生活》、孫敬修先生的《我的故事》、連闊如先生的《江湖叢談》等繪製插圖，出版有《李濱聲畫集》、《我的漫畫生涯》、《拙筆留情》等。八十年代榮獲首屆中國漫畫金猴獎，之後又榮獲中國漫畫金猴榮譽獎。一九九五年七月在中國美術館舉辦「李濱聲畫展」。

序言

一九七九年，我在《美術》第六期上發表過一篇短文，那短文的結尾是這樣一句話：「我作爲漫畫隊伍中的普通一兵，正在開始寫自己的『老兵新傳』。」

一九八二年，在天津人民美術出版社出版的我的漫畫選的前言中，我也曾寫道：「枯木逢春的老李承接新的雨露灌溉，以期在百花園裡姹紫嫣紅之下添幾點李白。」

話雖如此，轉眼近三十年過去了，盤算一下，自己筆耕成績有限，深有辜負黨的栽培、讀者的期望之感。

説來也有一點原因，自己比較熟悉的漫畫，總是覺得很難畫了。對有些題材認爲應該畫，又惟恐掌握不準分寸，不敢動筆。對于純屬追求開心逗笑的漫畫，自己又缺乏那方面的才思，每每試作不成。

近些年畫得比較多的，倒是有關民俗的畫，説來偶然又不偶然，不知怎的，我自從幼年就對周邊一切事物普遍感興趣，所見所聞都留下很深的印象。二十世紀五十年代初曾無目的地畫過不少回憶青少年時期見聞的畫，不過在親友中傳看爲趣而已。那些畫後來和我另一部談論戲曲的文稿《羊毛説戲》，約十多萬字，都在一定歷史時期作爲「四舊」，自己把它拋弃了。

二十世紀八十年代影視拓寬題材，拍攝舊京背景的片子，有時「問

餘塗抹的，另一部分則是近期新繪的。如今不計工拙奉獻給讀者，目的衹是想通過這些不成熟的畫介紹一點兒老北京的人文大事與民俗小情，以供温故知新。

還想説幾句話，在開卷之前，有必要對北京的歷史概況以及本人處理這一選題的基本態度作簡單的介紹。古老的北京地處太行山山脉末梢燕山脚下，是古時燕國的所在地，故世稱燕京。作爲文化古城，有三千多年的城市發展史，自遼代定爲陪都，歷經遼金元明清以及民國，有八百多年的歷史，也可謂是六朝古都了。

《燕京畫舊》所畫所話並没有那麽久遠，不過反映二十世紀初至四十年代末古老的北京城市一般情況與世相民俗。限於筆拙，畫常不能

得心應手，話有時詞不達意，但所畫所話都是描繪屬實，言之有據的，因爲筆者作爲一名文史研究員，執筆總是本乎「三親」原則的，即親聞、親見與親歷。

但願薄薄的《燕京畫舊》對讀者能有所幫助，瞭解古都風貌一星半點。

道於盲」（其實我知之有限），約我爲「民俗顧問」，從此又引發我整理過去還有印象的畫稿的念頭。

斷斷續續雜亂無章畫得倒也不少，可惜心有餘而力不足，任何一幅都不能得心應手。自己是以漫畫見長的，漫畫特點是誇張、變形；而作爲民俗畫，恰恰相反，視覺形象必須以絶對真實爲原則。限于自身筆拙，祇能盡力而爲就是了。

尤其在繪畫上題寫的文字，更是名副其實的塗鴉。主客觀原因皆有：雖然小時候念過四年私塾，寫過仿，習過字，奈天資不敏，更不知勤學苦練，以至老大無成。另外還有一點客觀原因：那時在我後十年（即「文革」期間）的體力勞動生活中，學習和擔當的是架子工，

即建築業搭脚手架的工作，並且是傳統的以杉篙爲器材的。那杉篙起碼都「十幾個圓兒」（十幾釐米直徑粗），七八米甚至十多米長，分量很是不輕。好在常年勞動，早已適應了。當大地回春，我恢復工作以後，重新又拿起筆來的時候，用毛筆時常脱手，因毛筆與杉篙的粗細、長短以及分量反差太大的緣故。

關於民俗的畫，後來受到人民日報《諷刺與幽默》專刊青睞，爲之闢一專欄，由我定名爲《燕京畫舊》。

這次付梓沿用《燕京畫舊》爲書名。内容二百餘幅中約四分之一曾在《諷刺與幽默》刊載過，另外四分之三未發表過，一部分是二十世紀八十年代初剛恢復工作時，久違筆墨，薄技荒蕪，爲練筆而業

世紀八十年代初圓明園修復工作時，文[illegible]專家[illegible]等[illegible]

在《圓明園與西洋樓》[illegible]過，另外四分之三發現過，一部分是二十

這次又拍攝到用《燕京畫譜》為書名。大約二百餘幅中約四分之一曾

開，專欄中，定名為《燕京畫譜》。

關於民俗的畫，後來又到人民日報《圓明園與西洋樓》專[illegible]，最為

詳細的道理，是[illegible]及分畫及其巨大的發現。

工作以後，查到又拿起當年的那[illegible]，用手筆重[illegible]，因手筆與[illegible]

分量很大不少。若只在當中幾點，早已差不多了。當人拿回書，史家[illegible]

[illegible]「十幾幅圖兒」（十幾頁，未連圖相），七八十來頁全寸多，不

[illegible]業務[illegible]工作，並且[illegible]高

燕京畫譜

序　言

四

年（甲乙丈庫）[illegible]中，[illegible]上

[illegible]，以至[illegible]，因[illegible]原因，非用中共後十

[illegible]，[illegible]，今天看不起，又不知

[illegible]其在當畫上頗[illegible]的文字，更是各[illegible]的總結。主各[illegible]看

自身筆法，未能畫力而獨[illegible]了。

而作為民俗畫，恰恰相反，[illegible]以[illegible]。[illegible]于

[illegible]不能作的[illegible]。[illegible]，[illegible]

[illegible]，[illegible]何一幅

[illegible]有[illegible]的畫[illegible]。

[illegible]「[illegible]」（[illegible]），[illegible]「[illegible]」，[illegible]

目録

民初見聞……一
九城風土……七三
老字號……三六九
童趣……四一九

燕京[illegible]

民國建立，解除天安門前禁區，百姓首次得見華表。

燕京畫舊 上册 民初見聞 六

太和殿是明清兩代皇帝的金鑾寶殿，民國伊始開放，任百姓參觀游覽。

燕京畫舊

上册 民初見聞

上册 民初見聞

民初見聞

民國初年開放社稷壇，改爲中央公園，並於大戟門前建格言亭，以勵國人。

民國期間國歌兩度更替，難以統一。一般開會首先唱《蘇武牧羊》代替國歌，小學生人人亦能唱《蘇武牧羊》，以爲愛國主義教育。

燕京畫舊 上册 民初見聞 三

民國初年，北京政府以華北地域漢語的發音制定國語注音符號，開始由小學施教推廣普及，以利「五族共和」文化交流方便。當時世人稱爲繼秦代「書同文」後又一意義遠大的創舉。

民國建立，國民政府對滿族人下「剪辮令」，但不嚴格限期，憑其自覺。滿族老人深感民國民生「五族共和」一律平等，不似清朝進關時强迫漢人「留髮不留頭」。滿族老人說對此都感「國恩家慶」。

跋語「[illegible]」

不[illegible]「[illegible]」[illegible]
[illegible]
[illegible]

燕京畫譜

西長安街有個雙塔寺，即京劇《四進士》故事中提到的。民國初年，當時國會議員不乏前去憑吊的。

燕京叢書

[illegible]

[illegible]

[illegible]

民初中南海開放，並於西門内建游泳池，提倡國民體育。

民國初年修築環城鐵路，拆除正陽門甕城，連接北平東站與西站。

縫窮的老太太收到的是一塊假「大頭」（銀圓），哭泣不已。一名士兵路過見了可憐，以一真銀圓換了那假銀圓，揣在衣兜內。結果在戰場上那塊假銀圓發生作用，使其化險爲夷。

民國初年，原清朝的三貝子花園改爲公衆的萬牲園，園內除有珍禽異獸外，門前收票的是兩個特别高的「大人」，爲又一奇觀。

燕京畫譜

上編 [illegible] 二四

上編 [illegible] 二三

[illegible]

燕京畫舊

過大年給兒童的壓歲錢，原爲「壓祟錢」，是以方孔制錢六枚編成的「方勝」形的掛件。民國建立，銅板（俗稱銅子）取代了方孔的制錢，因爲無孔不能再編「方勝」形的掛件，改爲給兒童六個銅子。逐漸也有給一毛兩毛的，富有人家的兒童甚至能得到一塊大洋。

上册 民初見聞

方孔的制錢在民國已無用，人們分配利用它做煙袋荷包的墜兒、打油打酒的「提」的墜兒、鄉村油燈燈捻的托兒以及自己還不會繫褲腰帶的幼兒的褲腰帶別子。

民國三年，頒禁煙令以雪國恥。戲曲演員自發編演新戲《煙鬼嘆》以警世人。

上世紀二三十年代，刷牙尚在使用牙粉階段，牙粉多爲舶來品，國産衹有「火車頭」牌牙粉有競爭力。鐵盒精裝，蓋上有火車頭商標爲記，印製精美，深受兒童喜愛。四角有字集成「請用國貨」。

天安門前長安街上原有東長安門與西長安門，俗稱東西三座門。東西三座門外當街還有東西「三牌樓」。

城南遊藝園爲上世紀二十年代北京新興的綜藝遊樂場所，地址在今友誼醫院一帶。文娱設施有劃船、滑旱冰、地滚球等。説唱變緑什樣雜耍，花樣繁多，有「蓋萬能脚」和韓敬文的魔術。名角京劇外還有「文明戲」（話劇的前身）。

二十年代麵粉每袋四十四斤，售價兩元二角，俗稱兩塊錢一袋白麵，緣於數來寶的詞的影響。其詞大致如下：打竹板，信步量，眼前來到雜糧行。雜糧行，有粗糧，有細糧，一袋白麵倆大洋。

老北京有兩個大柵欄。一個在前門外，一個在西長安街（今電報大樓左鄰）。字面一樣，讀音不同，前者讀「大什臘」，後者讀「大乍臘」，初至北京的人雇車說要去大柵欄，車夫不知究竟何處。

燕京舊俗

滿族姑娘梳大辮子不留「劉海」，與漢族不同。小姑娘髮式梳在頭頂上，名「牛糞排」。在二十年代一望便知這姑娘、這小丫是滿族。

燕京舊俗

[illegible]
[illegible]，名「牛[illegible]」。[illegible]二十年代[illegible]
[illegible]不同。[illegible]

上冊 民初見聞 四四

上世紀二三十年代還常見到老式理髮推子。兩個木把，中間没有彈簧，推頭跟剪草坪似的。

上世紀三十年代女青年開始流行剪髮。必須爭取，才能得祖輩和父母通過。

刨花爲榆木的，浸熱水泛粘液，如今天的髮膠。

鑒别洋錢（銀圓）真假方法：一是左右手中指各擎一枚銀圓相碰聽響。有經驗者可一手擲、一手接銀圓聽響，撿出中間的假幣；另一方法爲拇指和食指捏著洋錢，用嘴向洋錢猛吹一氣聽響。不響的即「啞板」（假幣）。

民國初年開始有助産士學校，培養青年學習科學方法接生，除醫院外並鼓勵個人開業以取代舊式「姥姥」（一稱老娘婆）的「輕車快馬」。但習慣勢力大，當時不少家庭還是信仰「姥姥」。理由認爲新的助産士都是姑娘，没生過孩子，怎麼會接生孩子？

燕京畫舊

民國初年洋煙流行起來，南洋兄弟煙草公司出産的「三炮臺」爲最有名，並爲煙民顯示身份之物。

燕京畫舊

早年吸香煙都須用煙嘴，概莫能外。

民國初年，吸鼻煙成風，雅俗共賞，大有人在。

吸水煙是民國以後漸多起來的。

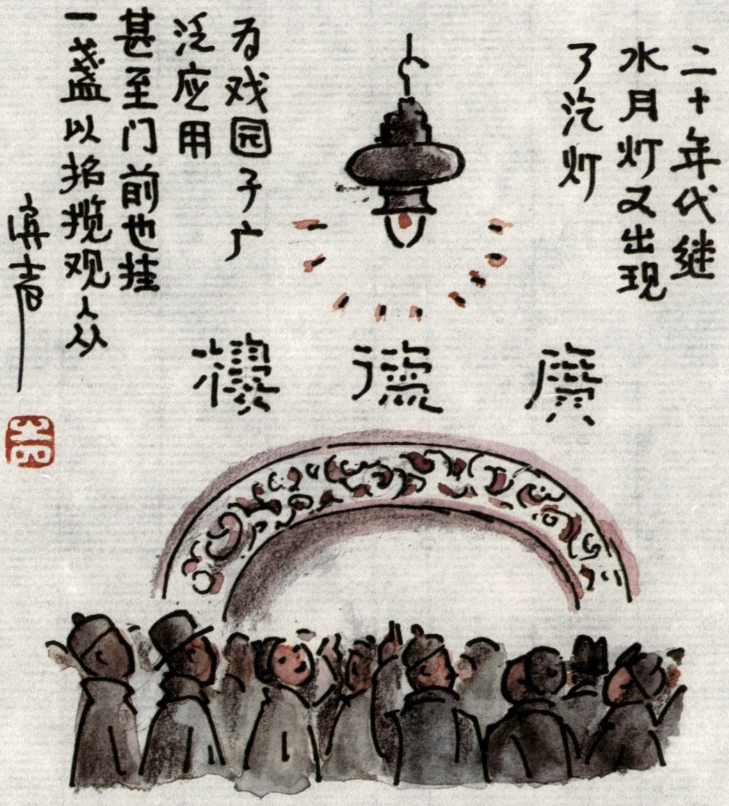

汽燈更是新鮮玩藝兒。在戲園子裏，戲演到中途，汽燈需要落下來補充打氣，也是觀衆一個看點。

燕京畫舊

民國初年西洋鐘、東洋玩具等舶來品多，都是要上弦、靠發條轉動的，因此誤以爲汽車也要上弦。

民國初年中原大戰之後，曾出現暫短和平景象，百姓安居樂業，慨曰「國泰民安」。小學生課餘遊戲常玩碎丁殼，每勝寫一筆，競寫「天下太平」。

舊時北京家家有把布撣子，爲歸人撣塵。

燕京畫舊

上册 九城風土

上册 九城風土

九城風土

燕京畫舊

民國初年，自行車傳入中國，當時名西洋車，以區别俗稱東洋車的人力車。我國第一個騎自行車的人當爲清朝遜帝溥儀。

燕京畫譜

[illegible]

玻璃车

民国初年洋式马车取代传统花轱辘骄车俗称玻璃车 至此赶车的结束跨辕 跟车的不必再跟车跑 而且有个座

滨声画并识

民國初年洋式馬車取代傳統花軲轆轎車。至此趕車的結束跨轅，跟車的不必再跟車跑，而且有個座。

水月燈是帶燈傘並能高高掛起的煤油燈的雅號。因亮度大，光較油燈白得名。

燕京畫譜

古老的北京在出現馬路以前，除少數街道爲石板路，一般胡同皆爲土路。

老北京四合院夏季多搭凉棚，以避暑熱。石榴寓意人丁旺，魚兆富貴。

[illegible]畫。

[illegible]人十[illegible]

燕京畫薈

上冊　北京風土

上冊　北京風土

八〇

[illegible]

[illegible]

上册 九城風土 八二

舊時有人家應酬多，常雇傭賦閑文人代寫喜壽賀聯賀帳。

舊時北京東城富商大賈居住多。

舊北京市井商人買賣生涯

上册 九城風土 八六

舊時北京西城文化人居住多。

燕京書畫

舊時北京藝人及小手工業者集中居住宣外，由於舊觀念有如是說。

燕京畫舊

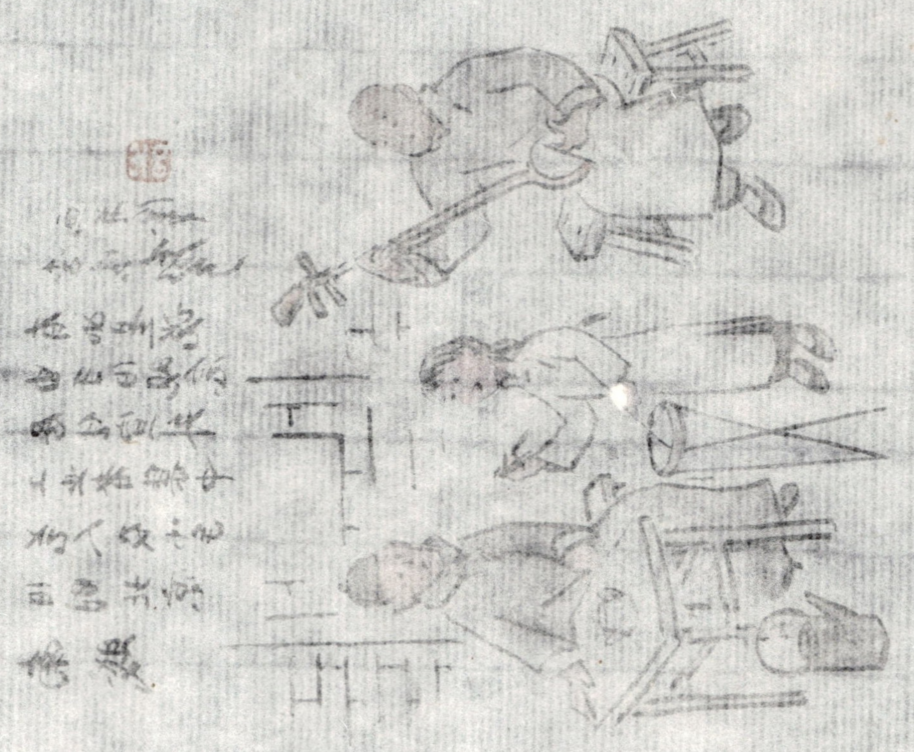

「换取燈兒破爛的我買」。舊時北京北城交通不便及歷史原因，貧民較多。

單牌樓爲兩柱一門，兩旁出廂形成三樓三頂。

東四西四牌樓均爲俗稱，正名大市街牌樓與行仁履義牌樓。

燕京畫舊

[illegible]

[illegible]

一種平板車，每車車工二人，專應搬家等活。舊時戲班演戲，戲箱往返運輸亦爲排子車。

[illegible]

燕京畫舊

上册　九城風土　八六

下册　行旅風土　[illegible]

[illegible]

早年關廂有獨輪車，方便乘客，乘客可不相識，同乘一車，但無異性。

賣炭的報君知爲大鼓，鼓徑過尺，其聲沉悶，每擊衹嘣嘣兩聲。

打鼓兒的有挑挑與挾包之分，前者收衣物雜項，後者衹收價值較高物品，上至珠寶文玩。

燕京畫舊

吹糖人的報君知爲大鑼二聲，没緊没慢。糖人模具有鯽魚、玉米、老頭及猴拉稀四種。控吹工藝性強，尤其分吹組成之耗子偷油造型最爲生動。

耍猴的鑼聲急驟，未曾開演已一片歡騰。

燕京畫舊

相傳磨刀業始於清末民初，磨刀人多由清兵轉業，故其報君知爲打甲葉或吹號角，後衍爲洋號。

經訓練的小白鼠在喇叭聲的條件反射下能表演蹬輪、推磨、爬梯、鑽寶塔，以及故弄驚險動作李三娘打水。

近三十年代北京人嗜檳榔者多，賣檳榔之小鼓聲不時可聞，其音清亮而短。

下街賣布的鼓點成套，據説有人破譯爲：走東鄉，串西鄉，西鄉有個胖姑娘，肥不出溜胖，肥不出溜胖。

嗚丢丢與猴栗子同爲扁擔戲之俗稱，布袋劇目祇《王小打虎》一出，仗頭劇目除《豬八戒背媳婦》外，尤有袍帶戲及《吊客》，不點一般不演。

貨郎擔之報君知爲小索拿（嗩吶）。

燕京畫譜

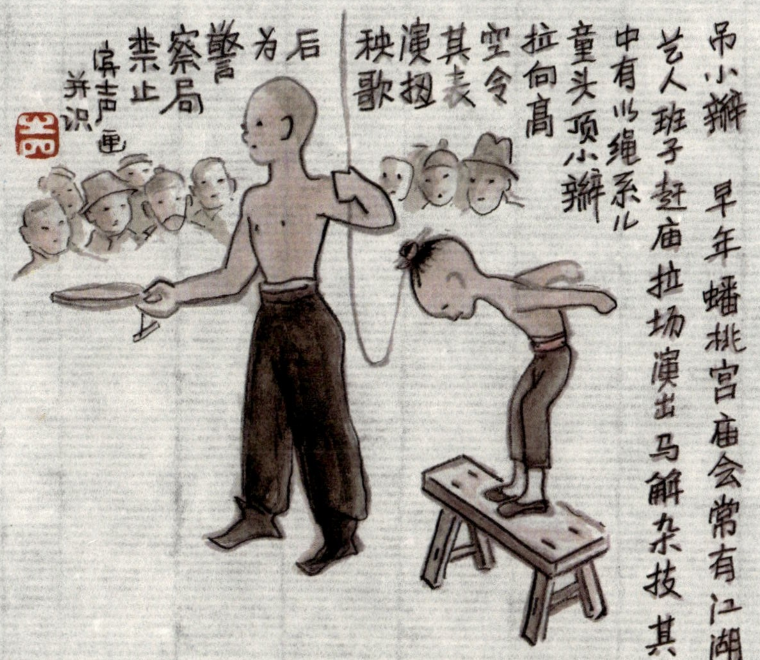

早年蟠桃宫廟會常有江湖藝人班子趕廟拉場演出馬解雜技，其中有以繩繫兒童頭頂小辮拉向高空，令其表演扭秧歌，後爲警察局禁止。

老北京過大年，廠甸是最爲熱鬧的去處。廠甸的形象代表是風車、大糖葫蘆。但有時限，衹在十五以前。

和平門外，廠甸由這裏開始，第一個攤子爲賣香草的，年年如是。

北京大年正月正，逛廟最重要是白雲觀。逛白雲觀要騎驢。「對槽」由宣武門始發。老太太騎驢，趕驢的「二哥」牽着驢走在一旁。年輕婦女騎驢，趕驢的「二哥」牽驢走在驢前。小伙子騎驢，趕驢的「二哥」跟在後面，或不跟（驢認往返對槽）。

早年不明春季多風沙的原由，老奶奶說是禿尾巴老李給他娘上墳來了，打咱這兒經過。

早年風筝爲季節性玩具，最遲至清明必須有意斷綫放飛，曰放晦氣，意爲咒狂風使風筝帶它去。

燕京畫簡

[illegible]

[illegible]

留聲機舊稱話匣子，上世紀初始出現於北京，當時屬於稀罕物。

三十年代鋼針留聲機取代了寶石針話匣子，其價跌落，應運而生出現背話匣子的，走街串巷租放唱片。

從前京東三河縣土地貧瘠，生活困苦。婦女多進京當保姆，更多的是舍下親生嬰兒求當奶媽。

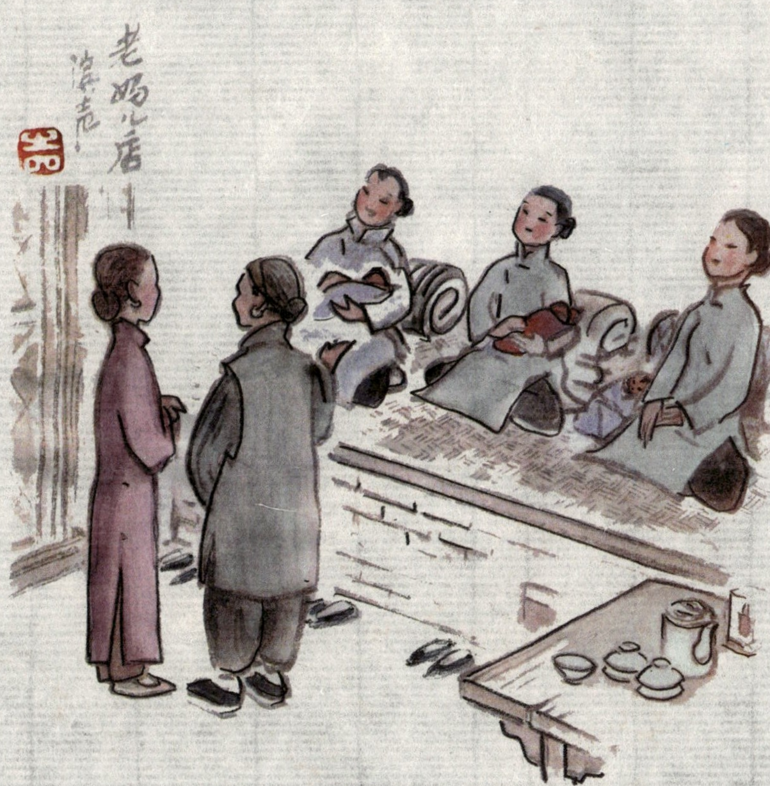

老媽店是專門接待三河縣進京求當老媽、奶媽的小客店兼介紹所。取中介費，但得到雇主的婦女都把那店稱作娘家。

[illegible]

[illegible]

燕京畫譜

上冊 [illegible]風土 [illegible]

上冊 [illegible]風土 [illegible]

奶媽上工，被奶的嬰兒的母親一般都要送給奶媽銀簪、銀耳環和銀鐲子。

燕京舊俗

上冊　九城風土　二二八

上冊　九城風土　二二七

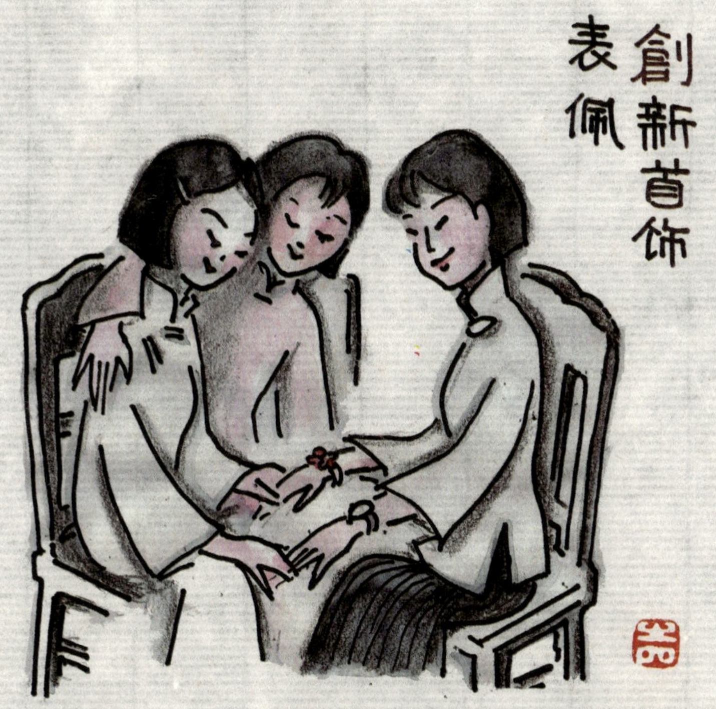

上世紀二十年代，女青年戴手表於左腕，右腕上常配戴鑲嵌紅魯賓石與水鑽的鐲子，以求對稱，名爲表佩。

文人結婚在民國十年以後，大半講新，自然表面。

十年以後，[illegible]，大青年成年者[illegible]，亦屬一時[illegible]。

燕京舊俗

上冊　[illegible]風土　四〇

上編　[illegible]風土　二九

上世紀二十年代，婚俗突破傳統，新娘子不蒙蓋頭，戴花冠，穿婚紗禮服，但忌白色，必須粉色。新郎有的穿燕尾服，戴大禮帽，但多數仍須按傳統穿長袍馬褂。原因是老輩人反對穿大禮服，戴大禮帽，因爲那是當時魔術師的形象。